그리운 건
너만이 아니다

# 그리운 건 너만이 아니다

이지현 시집

이담

Books

## 엮으연서

집 앞, 서너 개의 계단을 내려가면 바로 붉은 우체통이 서 있는 것도, 청보랏빛으로 저무는 창가에서 저녁달이 천천히 가고 있는 것도 이제야 알았습니다. 나이가 저물도록 마음에 담지 못했던 세상의 사랑에 대해서도 이제야 비로소 생각합니다.

두레박으로 물을 길으면 이끼가 함께 묻어 올라오던 우물과 오래 두드린 건반의 삐걱거림이 간간이 섞인 풍금 소리를 좋아합니다. 어릴 적 그 우물가는 환한 햇빛 한 줌과 부걱거리면서 쌀을 씻던 동네 젊은 여인네들의 청춘과 엷은 사랑의 한탄이 있었습니다. 나는 짐짓 듣지 못한 척 빈 우물 속으로 두레박을 첨벙 던지곤 했습니다.

이제는 낡은 우물에 쩡 금이 가서 수도 없이 때웠거나 뚜껑이 덮였겠지만, 그 깊고 맑은 우물이 내 마음 안에 찬물로 남아 있을 동안 우물가에 모였던 그들의 사랑이야기를 쓰려고 합니다. 이 시집에 모은 시들은 삶의 뾰족한 모서리에서 불쑥불쑥 꽃잎처럼 돋은 것을 그때마다 캐 둔 것입니다. 그들의 유기농 사랑에 혹시 세상의 때가 묻어 있거나, 그들의 깊은 우물 같은 은근한 그리움이 너무 세상에 까발려졌다면 그것은 순전히 내 탓입니다.

이 시를 읽는 사람들은 한 번쯤, 연보랏빛 저녁 무렵 우물가에 모여 앉던 그리움 많은 사람들을 생각하거나, 아련히 들릴 듯한 풍금 소리에 귀 기울일 줄 아는 사람들이면 좋겠습니다. 혹은 흰 눈 날리는 길 위나, 봄꽃 피는 들녘에서, 추억을 흰 무명처럼 서리서리 풀 줄 아는 사람들이면 더 좋겠습니다.

사랑의 혁명을 꿈꿀 줄 아는 사람이면 대환영입니다.

덧붙여 시집을 낼 용기를 준 동생과 세 아이들, 출판사 관계자 분께 감사드립니다.

2011. 3.
봄이 오는 창가에서
이지현

# 차례

## 봄, 여름의 시

## 가을, 겨울의 시

## 삶, 사랑의 시

# 봄, 여름의 시

## ✻ 이별 노래

인적 드문 곳에 집을 짓겠습니다.
세상에 남은 모든 그리움이나 기다림은
다 그대로 두고 외로움만 가져가겠습니다.
쓸쓸해지면 바람 부는 켠으로 문을 열어두겠으니
한 번쯤 소식 전해주십시오.
잊히지 않았다는 기억만으로 마음 다스리겠습니다.


어차피 생은 즐거운 모순입니다.
심하게 흔들리던 이 세상의 고요
차츰차츰 찬물처럼 가라앉던 그 서늘함
마침내 삶에 대한 안정감
사랑에 닿을 수 없는 거리
죽음을 거느리고 살아가는 생생한 삶
세상과 악수하던 그대의 따뜻한 손도 보고 말았습니다.

비로소 떠날 이유를 주던 그 손을 마지막으로 잡아보고
이제 고요히 살아가겠습니다.
그곳에서는 향기 높은 꽃만 키우겠습니다.
더 이상 외로움 견디지 못할 때 주소 알려드리겠습니다.
꽃 지고, 문 닫을 때쯤에.

## ❋ 다시 첫사랑이 온다면

다시 첫사랑이 온다면
맑고 긴 강가에서 늘 만나겠다.
투명하여 마음 하나 숨길 수 없는
강가에서 늘 기다리겠다.

다시 첫사랑이 온다면
그해 처음 핀 꽃잎으로
사랑의 말을 써서 늘 우체통에 넣겠다.
답장은 기다리지 않아도 좋을 것이다.

아아, 우리의 첫사랑은
슬프고 우울한 랩소디처럼
혼자 지쳐 걸어왔다.

저녁나절 내리는 빗줄기처럼

너의 이름을 호명하지 못하는 길고 긴 날에
어둡고 긴 턱을 들고
우묵한 눈은 더 깊어진 채
깊고 긴 골목 같은 생의 어디쯤 상처받아 왔느냐.

다시 첫사랑이 온다면
고요한 저녁 안개 같은 마음을 걷어
노을빛보다 더 짙은 빛의 편지를 쓰겠다.

사랑이란 말을 꿀꺽 삼키지 않겠노라고
사랑의 말도 공손히 손바닥을 펼쳐 받겠노라고
그해 가장 아름다운 꽃잎으로 편지를 쓰겠다.

# ✳ 가끔은 '생'을 '새'로 쓰고 싶네

가장 가난한 시간만 남았습니다.
거쳐 온 간이역마다
휘파람 같은 바람 한 줌 가져왔을 뿐
아무것도 가진 게 없어
잃어버릴 것도
그리울 것도 없습니다.

─그래도 가끔 <생>을 <새>로 쓰고 싶을 때가 있습니다.

다시는 날아갈 수 없는 그리운 바다와
그 어두운 배들의 고물이
이 저녁에 환하게 얼굴을 붉히며 다가와
노을로 저물어 연보라 그늘로 사라집니다.
생이 환한 저녁, 돌아갈 수 없는 길이 손금처럼 보이고
그 복잡한 길을 지나와서도 아득한 것만 남았습니다.

-그래서 가끔 <생>을 <새>로 쓰고 싶을 때가 있습니다.

한때는 사랑하던 것들이
고개를 숙이고 그 바다에 서서
가장 맨얼굴로 울고 있을 거지만
돌아가서 위로할 수 없는 가난한 생만
깨끗이 남았습니다.

-가끔은 <생>을 <새>로 실수로 쓰고 싶은 날이 있습니다.

꽃잎으로 그대 앞에 툭 떨어지고 싶을 때가 있습니다.

## ❋ 그런 사람이면 좋겠네

살아가노라면
내 사소한 한마디도
그저 고개 끄덕끄덕해줄 사람
내 말을 다 들은 후
바람에게도 그 말 한마디 전하지 않고
그저 웃다가 잊어버릴
그런 사람 있음 좋겠네.

살아가노라면
내 희미한 쓸쓸함에도 다가올 듯
잠잠히 서 있는 사람
서있는 꽃 한그루에게도
내 슬픔 옮기지 않고
강물 따라 흐르는 노을이나 건져서
가는 길에 잠잠히 깔아주는

그런 사람 있음 좋겠네.

살아가노라면
수많은 사람 중에 사랑할
단 한 사람
그저 말없이 꽃처럼 바람처럼
그 자리에 서 있을 사람
비되어 달려가는 어느 날
말없이 온몸으로 받아주는
그런 사람이면 좋겠네.

# ✳ 푸른 편지

너의 편지를 받으면
아직도 가슴이 쿵
오랜 지층의 가장 밑바닥까지 닿는다.

목련이 홀로 피었다 지는 봄날
꽃잎보다 흰 편지를 받으면
눈이 부신 사랑 하나가
펄럭 뒤따라와
가슴의 뒤척임에 귀 기울이는
아, 얼마나한 영혼의 노래인가.

흰 편지는 그냥 백지여도
다 읽을 수 있다.
아무 말이 쓰여 있지 않아도
네 영혼의 강물 소리와

그 언저리까지 후르르 적시는
깊은 노래를 다시 적을 수 있다.

너의 편지를 받으면
한마디 말이 쓰여 있지 않아도
맨 나중까지 모두 읽을 수 있다.

## ✽ 라일락빛 저녁의 노래

라일락빛 저녁이 꽃잎처럼 뚝뚝 지는 창가에서
먼 편지를 읽습니다.
오월이 간다고 가만히 말하면
툭 꽃으로 떨어지는 하늘
절망을 가슴에 안고 돌아오는 길에도
꽃이 피는 시간이었습니다.
배경(背景)으로 살았던 지난 날
그래도 버릴 수 없는 꿈 하나
날 저문 날이면 단단한 자세로
짧은 휘파람의 노래를 부르겠습니다.

연보라 저녁나절의 거리엔
추억을 잊은 사람과 추억만 기억하는 사람이 스쳐갑니다.
떠나야하는 사람과 떠나지 못하는 사람이 함께 걸어갑니다.
어릴 적 소꿉이었던 사금파리들이

접혀진 상처마다 박혀 반짝입니다.
그대 지운 노래를 아프게 하고 다시 불러들이는
그 고요함이 지상에 오래 머무는 사이
우린 아무래도 생애 맨 마지막처럼 사랑해야겠습니다.
라일락빛의 먼 저녁 하늘 아래서 읽는 오월의 편지엔
추억마저 끌고 가버린 새들처럼
이름만 하나 그윽이 남았습니다.

멀고 쓸쓸한 그대.

# ✻ 잊었다는 말은 가벼운 목소리로 말해야 한다

가볍게
가볍게
물결 위에 떨어지는 꽃 이파리처럼
아아, 잊었다는 말은
그렇게 가벼운 목소리로 말해야 한다.

새벽녘 이슬 밟고 가는 달그림자처럼
저물녘 풀잎 스치는 해지는 소리처럼
아무렇지 않은 표정으로
잊었다는 말은 그렇게 해야 한다.

때때로 우리의 삶은
시든 가을 길을 걷듯 발이 무겁고
흰 눈 지고 가듯 어깨가 무겁지만
그래도 살아볼만 하지 않던가.

꽃진 자리 새로이 꽃이 피듯이
강물 흐른 뒤 뒤따라 온 강물 채워지듯이
또 다른 사랑이
언 손을 녹여주지 않던가.

지나간 사랑에 대한 예의와
다가올 사랑에 대한 겸손으로
잊었다는 말은
가벼운 목소리로 말해야 한다.

## ✻ 그런 날도 있을 것이다

노란 등불이 일시에 켜진 듯
개나리가 눈부신 날이다.
몰랐다, 꽃들은
어느 날 저리 한꺼번에 피어나는 줄
아름다운 건 저렇게 일시에
피어나서 사람들을 유혹하는 줄.

그러리라, 어느 날 또 모르는 새
그 꽃들이 일시에 지고
어느 날 또 모르는 새
아름다운 것들도 일시에 져 내리는
그런 순간이 있음을.

행여 그대 사랑하고 그대 잊는 날도
개나리 피고 지는 순간처럼

너무도 잠시여서
허전한 지상
그대 살다간 줄도 모를
그런 날 있을 것이다.

## 🌱 민들레 시간

돌아오지 않을 편지 하나 부치렵니다.
푸른 나이가 찔레꽃 향기로 스미던
그때 하늘은 향기 맑게 둥실 떠
우리 손바닥에서 강물로 흘러
그대 마음까지 닿아 그치지 않던
헤살 짓던 물살 위에 부치렵니다.
넘어가던 해에 부리를 적시던 새떼는
지금도 그 자리에 노란 씨앗으로 남아
산수유 향내로 떠돌고 있겠지만
이제 그만 그쳐야 하는 시간입니다.

민들레 홀씨 같은 편지 하나
훌쩍 날아가 우리 시간의 갈피에
추억처럼 꽂히고
그대 쉬엄쉬엄 펴보는 동안

어느새 파꽃처럼 고스란히 저문 날
길고 긴 골목길에 등을 기대고
아무도 걸어오지 않는 저무는 길에서
누군가 점점 문을 걸어 잠그는 그런 시간에
그대만 기다림으로 서서
부치지는 못할 그리운 편지 펼쳐두세요.

돌아오지 않을 편지 하나 부치렵니다.
어두워지는 길에서도 환히 빛나는
백지로 부친 편지.

## ✻ 너와 함께

너와 함께
같은 별빛을 보고
같은 물결을 보고
같은 고요를 보고
어느 날 꽃가지 위에 맺힌
투명한 햇살을 보는 건
두근거리도록 행복한 일이다.

사랑은 이렇게 같은 곳을 바라보며
조금씩 남은 외로움을 덜어주는 것.
사랑은 이렇게 마지막까지
따스한 손을 잡고 온기를 나누는 것.
내가 너에게 조금씩 다가가는 건
꿈을 꾸리만치 아득하고 또 아득하지만
언젠가 네가 홀로 빈 산에 오를 때

흰 눈으로 퍼붓거나
흐르는 바람으로 스치거나
가득 찬 기다림으로 서 있을지니

너와 함께
같은 슬픔을 나누고
같은 웃음을 나누고
같은 절망을 나눌 때
어느 날 꽃처럼 터지는
쓸쓸함을 버리는 일은
가슴이 저리도록 눈부신 일이다.

# ❋ 살아있을 동안 만나는 맨 나중의 사람

누군가 곁에 있어주면
오늘 같은 날 누군가 곁에 있어주면.
어느 순간 사랑도 미워할까 겁나는
희한하게도 서러운 오늘.

이미 잊은 추억 하나
아스라이 뜬 낮달로 떠오르면
때때로 길게 느껴지는
인생이 있을까
있을까 싶어 서러울지 모를
그런 오늘.

길의 먼 끝을 잡고 선 우리는
생의 징검다리 위
고요히 어긋나는 동행

흐린 추억의 사람이여
꽃에게 건 안부여.

너는 살아 있을 동안 만나는
가장 맨 나중의 사람이었더라면
그런 사람이었더라면.

## ✽ 위로 1

용기보다
진정한 위로가 필요한
더 많은 시간들.

용기는 혼자 일어서는
외로운 일이나
위로는 누군가 곁에 있어주는
따뜻한 것.

푸른 저녁의 시간과
모두 돌아간 바닷가에서.

## ✳ 외로운 편지

이제 안녕이라고 말하려네.
그 나무 아래 기대셨던 내 발자국은 안녕한지
그 바다에 묻었던 내 새파란 그리움도 안녕한지
아주 잠시만 안부를 전하고 가려네.

지난 추억을 차갑게 일으킨들
다시 무엇하리.
아직 이 지상에서 사라지지 않고
그림자로 남아 오오래 끌고 왔던
그 서늘한 추억에게
이제 안녕이라고 말하려네.

빈손을 들고 가장 외로운 편지를 썼네.
정녕코 잊히지 않던 노래를 기억하듯이
아아, 다시는 떠오르지 않을 기억의 은륜에게

이제는 안녕이라고 나직이 속삭이네.


저 혼자 멀리 사라지고 있는
안녕이란 말이여,
나 아직 여기 따뜻한 지상에 혼자 서 있네.
안녕이란 말만 저 혼자 추억을 끌고 영영 떠나고 있네.

## 억만년의 사랑

세월이 백자빛으로 오래 묵어 부드럽습니다.
세상은 뜨물처럼 흐리고
인정은 가랑잎처럼 가볍지만
때로는 꽃처럼 슬며시 떨어지던 눈빛 하나로
단단한 벽인 양 살아가겠습니다.
모지라진 한 모서리 잇대어 놓은 인연이
안개로 서린 듯 눈물로 뜹니다.

지금은 해도 지고 일시에 닥친 어둠으로
가야 할 곳을 잃어
풍금 소리처럼 아련한 곳에서
잠시 산보하다 마주친 듯
가벼운 목례가 어긋난 길이 보입니다.

조용히 걷다가 뒤돌아보면 뒤돌아보면

거기 작은 꽃들도 낯설게 피고
가늘게 흐르는 바람도 어색한
비늘 같은 세상일지라도
언젠가 우리가 가벼운 콧노래로
살던 곳이라 기억합시다.

세월이 백자빛으로 익어 부드러운데
우리 사랑은 억만년 지층 밑
화석처럼 고요합니다.

# ✻ 누구나 살아있는 동안에

누구나 살아 있는 동안에
가슴속에 꽃씨처럼 품고 가야 하는 일이 있다.
가슴 안에서만 꽃을 피워야만 하는 일이 있다.
햇빛 속에서 화안하게 피는 꽃만 꽃이 아니다.
흔들려서 향기를 흩날리는 꽃만 꽃이 아니다.

생은 그런 것이다.
우체국 앞을 지나며
속달로 부쳐야 할까 망설이는 사연을
마냥 가슴속에 접어둔 채 발길을 돌리듯
가슴 안에서 뜨거운 피로 키워
바람 부는 날에도 꽃잎 하나 까딱
흔들리지 않을 꽃을 피우는 일이다.

허나 가끔은, 흔들리지 않던 꽃도

무성한 가지로 뻗어 한순간 쓰리게 스쳐 가거나
사는 일이 너무 바빠 잠시 지울 날 있으리라.
또 가끔은 분분히 날리는 가벼운 꽃잎에도
어지러운 생이 함께 흔들려 지고 있으리라.

누구나 살아가는 동안
때로 지는 꽃잎의 향기를 맡거나
때로 지는 꽃잎의 그늘에 앉아
나지막한 휘파람을 불어보는 쓸쓸한 짓을 하며
가슴 안에서만 키워야 하는 꽃이 있다.
가슴 밖에서 무성해지는 꽃을 심고 있다.

# ✳ 7월의 편지

그대가 보낸 7월의 편지를 받으면
저녁노을 깔리는 적막한 세상도
갑자기 고요한 바다가 된다.
흔들리던 것들도 문득 멈춰
가벼운 잔물결마저 지워지고
보이지 않는 것마저 다 보이는
무심이 된다.

아, 그토록 오래
그대가 부치는 7월의 편지를 기다려
지느러미 긴 고기처럼 삶을 지나왔다.
그대가 부친 편지가 꽃이 되고
푸른 노래가 되는 수많은 시간을
얼마나 간절히 꿈꾸어 왔던가.

그대가 부친 7월의 편지에선
아득한 수평선을 건너온
오랜 바다향기가 난다.
옥잠화 연보라빛 꿈꾸는 섬이 있다.
낮은 휘파람으로 바다새가 멀리 날아서
다신 돌아올 수 없는 고독의 섬으로 떠날지라도

그대가 부친 7월의 편지는
오오래 절망의 그물에서 튀어 오르게 한다.

# 그대와 바다

그대는 어느 날 내 마음속에 바다를 거느리고 왔다.
그때부터 나는 거친 바다를 떠도는 풍랑이거나
영원토록 어두운 바다가 되었다.
그대가 데리고 온 바다는
고요하고 아득한 수평선과 흔들리는 목선
하염없이 지는 노을과 문득 내린 비
천둥과 벼락을 함께 거느려
익숙한 삶이 되었다.

맑은 강가에서 흘린 눈물로
그 바다의 깊이를 잠시 알았지만
한때는 모든 절멸의 시작이었다.
그대가 내 마음속에 거친 바다를 놓고 간 뒤
소금에 젖은 눈으로 거리를 걷는
나를 보았다. 나를 보냈다.

그대는 어느 날 내 마음속에
바다를 거두어 떠났다.
그 후로 영영 내 마음은 마른 백사장과
끼룩거리는 갈매기의 발톱이 남아
세상의 모든 문을 닫아걸고도
오래 바삭거리는 소리, 소리로
보랏빛 저림이 시작되었다.

## ❋ 나비의 꿈

흰 바탕에 검은 줄무늬의
나비 한 마리가 달리는 차 보닛에
잠시 앉았다 갔다.

달려가는 속도의
뜨거움 때문인지
잠시 비틀거리는 나비의 꿈.

나도 언젠가
달리는 이 삶이
너무 뜨겁거나
너무 빨라 어지러울 때
잠시 다른 자리로 옮겨가리라.

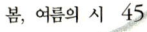

# ❋ 멀리 있을수록 눈부신 사랑

사랑은
멀리 있을수록 눈부시다.
강물도 멀리서 보면 반짝이듯이
들길도 멀리서 보면 화안이
먼 길 다 보이듯이
사랑도 그렇게 멀리서 보면
그 사랑 반짝이며 다 보인다.

너무 가까이 다가서지 말자.
사랑의 그림자로 남아
먼 거리에 서서도 보이는 사랑이라면
그 사랑 얼마든지
우리를 넉넉하게 만드리.
사랑은
멀리 있을수록 눈이 부시다.

# ❊ 비가

용서해다오.
시간을 끌고 갔다 그대로 두고 온 나를
이제 가는 길을 잊고
돌아와 고요히 앉아
시간의 길 사이로 내리는 비를 본다.
비는 그때처럼 무겁게 오다가
잠시 멈추었다.
예정된 이별 앞에서 비도 멈칫 떨고
다시 잠잠함을 반복한다.

이따금 고기떼처럼 거슬러 오르는 법을
우리들이 배우지 못했음을 한탄하면서
내리는 비의 손을 공손히 잡는 나를
부디 용서해다오.
오오랜 시간을 흘린 채 되돌아옴이
우리들의 사는 법임을
그때처럼 무겁게 내리는 비를
이렇게 가벼이 바라보고 있는 나를.

# ✳ 연가

날이 갈수록 자꾸 멀어져
마침내 은하처럼 아득합니다.
점점 멀어져 이제는 보이지 않는
그대를 버리고 등을 돌립니다.

수만 촉 등불이 일시에 켜지듯
마음 안에 반짝이는 별자리들 켜져
물처럼 허전히 흘러가지만
꽃처럼 다스릴 줄 아는 사람이
머지않아 아름다울 걸 깨닫습니다.

이 호젓한 제비꽃빛 저녁에
갈피갈피 남은 기억일랑
직녀의 보자기에 묶어
이 생이 끝나도록 버려두겠습니다.

행여 낮은 키의 꽃으로 필 때 있다면
자꾸 멀어져 억 만 광년 건너편
은핫물 몇 굽이 휘돌아 내릴 때
낮이 없는 곳에서도 그대 나지막한 휘파람에
고개 슬몃 돌려 보겠습니다.

# ✿ 목련 지는 날

꽃잎이
되돌아온 편지처럼 엎드린
고요한 날.
희어서 가여운 꽃들이
더 창백한 것들에 흰 손수건처럼 대어주는
따뜻한 위로 위에 잠시 마음 기대고
우리는 또 걸어가야 한다.

세월은 언제나 너그러웠음을 알았고
외로운 저녁처럼 누구든
홀로였음을 알았다.
가다가 돌아보면 저기 하나씩
지고 있는 꽃잎이
펴보지 않은 채 돌아온
흰 편지처럼 쓸쓸한데

가끔은 이별도
사랑이었음을 알게 되는
그런 날이 있다.

## ✳ 루즈를 바르며

루즈를 바르는 일은 매일 바다를 바르는 일.
루즈의 반짝임이 생선비늘임을 알았던
바로 그때부터 아득한 바다를 꿈꾸었다.
루즈를 바를 때마다 차갑고 깊은 바다가 하나
출렁 마음 안에서 흔들리고
숨죽인 바다 한켠에서 노도 없이
저어가야 하는 이 찬란한 외로움.

저무는 고물 끝에서
뭇별들이 꽃처럼 피어나거나
가벼웠던 엽서처럼 새들이 날 때
실금처럼 찬찬히 터지는
지우지 못한 이름.
이 생이 늘 풍랑으로 흔들리는 것은
꽃보다 더 붉은 루즈를 바를 때부터였다.

# ✽ 호수의 노래

어느새 편지 그친 날이 길어졌습니다.
침묵보다 긴 고요가 백기처럼 드리운
하루하루가 사무치게 마음 묶어
그 마음 낱낱이 풀어 편지 부치겠습니다.
옛날의 푸르디푸른 호수에게도
물결 일으키며 날아간 흰 떼찔레꽃에게도
우리가 걸어갈 평행선 위에도
서느런 마음 이겨 새겨놓겠습니다.

가끔은 가는 비
자줏빛 꽃을 밟고 떠나는 시간에
우련 붉은 꽃 이파리 점점이 져
펄럭, 창가에 앉은 꽃편지 보면
굳이 읽지 말고 눈인사나 부쳐주세요.
창가에 꽃핀 듯 꽃핀 듯

행여라도 맑은 바람 한 줄기나
향기 높은 새벽의 이슬을 보면

그때 비로소 기억 담은 답신 하나
내가 나에게도 쓸쓸하게 쓰겠습니다.

## 보랏빛 붓꽃

화단에 한 다발
보랏빛 붓꽃.

저 땅 어디에 보랏빛을
밀어 올릴 힘이 있었는지
한 발을 화단에 넣으면
무른 흙의 익숙한 감촉
단단한 도시를 밟던 발도
이젠 놀라지 않는다.
나, 이제 흙으로 돌아갈 날을
발도 아는지
어지러웠던 기나긴 삶이
보랏빛으로 물들 날을 알고 있는지.

화단에 한 다발
보랏빛 붓꽃.

# 가을, 겨울의 시

# ✤ 가을에는 이런 사람이 그립다

수평선이나 지평선보다
더 깊고 아득한 눈빛으로
세상의 그리움 다 깨워서 보는
그런 고운 사람이 그립다.

젊은 날 눈부신 폭죽 같은 사랑이
저기 멀리서 단풍으로 지는데
사랑했던 기억을 벌써 잊고
저만치 걸어간 사람이지만

두고 온 사람의 아연한 모습
문득 기억해
가을편지라도 띄울 줄 아는
그런 착한 사람이 그립다.

이다지 투명하게 맑은 가을날
그대 마음에서 아련히 떠낸
수채화 같은 시 하나
위문엽서로 받고 싶은 나도
그대에게 그리운 사람이고 싶다.

# ❋ 좋은 사람

봄꽃의 짙음보다
가을꽃의 옅음을 그리워하는
물옥잠 연보랏빛 은은한 향내 같은
좋은 사람 하나 가지고 싶어라.

소멸과 시듦까지 말없이 껴안는
넉넉한 마음과
주인이기 보다 마음 가벼운
나그네이길 원하는
좋은 사람 하나 가지고 싶어라.

시처럼 수채화처럼
화안하고 투명한 사랑을 했던
그래서 바람처럼 짧은 이별보다
긴 기다림을 먼저 생각할 줄 아는

그런 좋은 사람 하나 가지고 싶어라.

그 사람 앉은 고운 배경 너머로
아직 돌아가지 못한 철새들 머뭇거리고
가을 산 비추는 강물 길게 보여
삶이 오래도록 고절(孤絶)로 남은 날에
다가와 가만가만 따스한 악수로 손잡아주는
참 좋은 사람 하나 가지고 싶어라.

# ✳ 9월의 노래

키 낮은 꽃들이 피었다 후두둑 지고
꽃들은 이제 희망을 위해
긴 시간을 동여매는 구월입니다.
가을이 시작되는 길 위
둘이 있어도 외로운 길입니다.
붉은 꽃잎 같은 우체국 앞을 지나왔지만
가을밤에는 또 홀로 일어나
부치지도 못할 편지를 밤새 씁니다.

사랑은 이런 것입니다.
가 닿을 길 없는 강물처럼
한없이 잇닿은 그리움으로
그대의 가을을 한밤 내 지키는 것입니다.
바람은 꽃들을 지천으로 흔들어
그 뚝뚝 듣는 소리, 소리에

어느 가을밤 잠을 잊은 누군가
끝내 부치지는 못할
가을편지를 쓰고 있습니다.

이 생을 홀로 걸어가는
아득한 사람이
그대의 가을을 두드리고 있습니다.

# ✻ 안부

살아 있는 어느 날
끝내 닿지 못할 것 같던 길
처음으로 하늘이 툭 떨어져
바람 소리로 살아있음을
길이 뚝 끊어져
지워진 일생이 고여 있음을 보았다.


허나 알지 말기로 하자.
바람이 왜 빠져나가지 못하고 맴돌고 있는지
지워진 길 다시 지워져
우리 생은 영영 빠져나가지 못하고
그저 맴돌며 차가운 것인지.

때늦은 가을날
도장밥 같은 단풍만 하나
무거운 소리로 펄럭 떨어지며
살아 있는 날의 그림자 위에
고요한 낙관을 찍고 있었다.

## ✿ 불멸의 기억

산다는 것은 때로 갯내음처럼
온몸이 서리서리 저리도록 시리고
때로 화안하게 개이는 것.
바다 한쪽이 기울어 가슴에 와 닿던
새파란 삶 하나
아직 파도소리로 고여 있는
어느 가을날

이제 파도처럼 철썩 밀려왔다가 가곤 하는
이야기를 할 차례
그리고 파도를 맞고 있는 잠잠한 바위처럼
그 이야기를 들을 시간.

모든 것이 사라지고
불멸의 흔적들이 남은 사이로
가을 낙엽이나 눈 온 듯 아득해질 때
가슴에 끼여 도무지 내려가지 않던
오오래 잊은 기억
누군가에게 낙엽 같은 편지로 보낼 때.

# ✽ 가을 편지

시간이 지워진 편지 한 통이
오늘 마음 안까지 배달되었습니다.
가을 편지 툭 떨어진 자리만
눈에 선히 남았는데
그대 전하던 안부는 이미 잊었습니다.

갈꽃이 무더기무더기 꽂혔던 자리와
새떼들이 후드득 날아간 흔적만
편지의 빈칸에 아득합니다.
가을은 더디 가는 나그네처럼 고요하고
밀물지는 찬물처럼 깊어갑니다.

세월이 지워진 편지 한 통이
오늘 마음 안까지 배달되었습니다.
불붙는 단풍 빛으로 되살아나고
노오란 등불로 켜지는
가을 편지 한 통
그만 그대 전한 안부는 잊었습니다.

# ✻ 이 생에 꼭 한 번

한 번만
꼭 한 번만
마주 앉아 차라도 마셨으면

진종일이 아니라도
가을 저녁의 남은 시간에
삶의 어긋남이나 침묵은
그냥 내버려두고

한마디 말은 나누지 않아도
세상의 쓸쓸함 찻잔에 가둔 채
이 생의 호젓함을 간간이 저으며

저물어가는 배경 위로 걸린 황혼과
돌아가는 새들에 눈길 주면서

잠시 지상에 새겨지는 풍경으로
잠깐만이라도 마주했으면

그리운 사람아

## ✽ 꽃씨를 심듯이

너에게로 가는 길이 멀다.
시간은 한 땀 한 땀 떨어져
거리를 찬찬히 누비는데
선뜻 너에게로 다가가지 못하는
이 가을 저녁의 거리.

사람들은 저마다 한 가지씩
가슴에 그리움을 접고
비어 있는 벌판을 가로지르듯
하루의 추억이 묻은 거리를 떠난다.
또 어디쯤 우리가 마음을 누일
사람의 향기를 찾아
흐르는 강물처럼 흘러 닿을 수 있으랴.

가고 오지 않는 너를 기다리는

하루는 멀고 아득하지만
때로는 빈 땅에 꽃씨를 묻듯
텅 빈 가을 우체국 앞에서
그리움을 꾹꾹 눌러 쓴
가을 편지를 쓴다.

## ✳ 따뜻한 의자

스스로 깊어지는 가을처럼 늘 그리움 깊어져
연보랏빛 편지지에 마음 가득 실었습니다.
그래도 허전해 향기 짙은 마른 꽃 넣었습니다.
은은한 도라지빛 향기가 가을 풀 섶 같아
그곳에 기대앉은 그리움 많은 사람 기억나셨는지요.
그 향기 감돌아 잊었던 세월 다 흔들어 깨워놓았는지요.
그 세월 동안 가는 비 내렸고
낙엽도 곱게 아주 곱게 졌고
해마다 첫눈도 소복소복 왔지요.
그 오랜 세월의 기억이 이제 와서 훌쩍
꽃등처럼 화안이 밝아지네요.

헤어지자 한 말이 사랑한다는 백 마디 말보다
더 서러운 인사였음을 이제라도 알아주었으면 해요.
단지 그 뿐이에요.
우리 그리움 큰물 지듯 가라앉히고
마음에 묻고 눈에다 묻고
이 세상에서는 쓸쓸히 지우고
부치지 못할 이 가을 편지는
단풍나무 이파리로 꾹 눌러놓겠어요.
그 단풍나무 푸르게 살아나 천 년 후에라도
그대 편안히 앉아 이 서러운 가을편지 읽을
따스한 의자로 남았으면 해요.

행복하시기를.

## ✽ 사랑이란

봄나무가 기지개를 켜며
남은 흰 눈을 털어내는 것이
사랑이 아니다.
사랑은 겨울나무가
무거운 잎 대신에
흰 눈을 가벼이 앉히며
오스스 추위를 견디는 것이다.

누군들 생전에
이 고단하고 슬픈 추억에 젖지 않았으랴,
흰 눈보다 더 시린 상처가 벌어져
여미지 못한 채로 그 생을
겅중겅중 더듬어오지 않았으랴.

그래도 다 잘 버텨왔다.
사랑이 설 자리만큼
키 큰 나무를 살게 하고
하나씩 하나씩 뚝뚝 땅 깊이
사랑의 묵언을 던지며
오늘도 언 가지 위에 새 한 마리 올려놓고
그래도 다 용케 버텨왔다.

사랑이란 이렇게
흰 눈 위에서 날아가는 떼까치를
그저 말없이 바라보며
차가운 눈을 가지 위에 앉힌 채
추위를 오스스 견디는 것이다.

## ✿ 인생

가을이 깊어가는 일은
생이 깊어가는 것
오래 오오래 견딘 절망마저
무심히 가고 있는 일
어둠의 깊이에 묻어둔
절망의 한 켠이 기울어지는 시간
구부러져 마음 바닥까지 닿는 가을날

절망의 힘마저 가벼워
사랑이나 한 줄의 배반이나
생은 껴안지 못하는 것
가을이 절로 깊어가는 일은
생이 익어가는 것
아직은 외로움 따스하고
기다림은 깊고 푸른 바다로 떠나지만.

## ✻ 기다림에게

네가 아득한 수평선의
먼 바다를 보여준다면
나는 그보다 더 멀고 아득한
그리움을 가르쳐주겠다.

네가 끝없이 지는 석양의
붉은 하늘을 보여준다면
나는 그보다 더 깊은
이 생의 울음을 남겨주겠다.

가을은 끝없이 깊어
가을꽃 지는 벌판에 서면
다시 못 볼 향기처럼
아름다운 것들이여,
얼마든지 네게로 달려가는 자세

네가 어느 날 눈 오는 벌판을 보여준다면
흰 목도리처럼 추억을 휘감고
나는 이 생의 기다림을 향해
푸르게 시린 길 위에 영영 서 있겠다.

# ✻ 전화를 받을 동안

전화를 받을 동안
아득히 깊은 대륙의 바람이 되어
떠돌며 부는 소리를 들었다.
마침내 돌아오는 길을 놓친다.

전화기 너머에선
다신 피지 않을 꽃잎 같은 눈물과
비바람이 서린 수묵화 한 장 진다.
누구나 한 번쯤은 이렇게
전화기 너머 흰 첼로소리 같은
성긴 눈발의 소리를 들었을 것이다.

전화기 너머에서 날리는
그대 쓸쓸함도
둥글게 말아둔
생애의 극락이다.

## ✳ 보랏빛 저녁

한 생애가 삐꺽 문을 닫는 시간에
휘몰아치는 눈보라 속을 서 있어 보았는가.
눈보라보다 더 추운 생이 다가와
껴안는 살 시린 손을 잡고
저녁 강가를 걸어본 적이 있는가.

모든 소리가 숨죽인 강가에선
철새가 수상한 부호처럼 떠다니고
전 생애를 끌고 날아오르는 그 비상을
흉내 낼 수 없는 절망을 견뎌 보았는가.
거침없는 눈보라여, 단 한 번이라도
저 새들의 퍼득임 속에 서 있지 못해
꿈꾸는 방법을 잊었으리.
상처를 덮는 법을 잊었으리.

아득한 순백의 신호를 부치고 또 부치는
가장 어둑한 날 저녁에
길 문득 지워지고
지난 날 화안이 물옥잠꽃의
은은한 보랏빛으로 고여 빛나는 시간에
그 신호들 낱낱이 꿰어
그대 마음에 맑은 우주로 걸어두리니
휘몰아치는 눈보라의 꿈속에
나 또한 있으리니.

## 기억마저 기억할 수 없는 날에는

어느 누구라도 돌아보면
가슴 아픈 기억 하나 가지고 있으리.
기억의 깊이가 도저히 아득해
기억마저 기억할 수 없는
그런 날 있으리.

그런 날에는 아득한 들판에 가보라.
들판 가득 누군가의 수고로움이
익게 한 풋내 나는 것들
햇살과 어울려 살고 있음에
잠시 눈물 글썽여 보라.
어느 것 하나 저 혼자 살 수는 없다.
바람 흔들어주는 대로 일렁이는 나무들
향기 가지고도 떠나지 못하는 꽃들 곁에서
쉬임없이 재잘대는 벌 나비들 쉬었다 가는데

길은 홀로 사라지지 않고
우리 사는 곳을 향해 곧게 뻗어 있다.

강물에 떨어진 황혼이
그리움보다 넓게 번져
기억마저 기억할 수 없는 날에는
그날에, 그대도
꽃처럼 강물처럼
빈들에 서 있어 보라.

## ❋ 가을 우체국

구월이 끝나는 날
가을 우체국으로 간다.
사람들은 저마다 삶의 짐을 부려놓고
분분히 오가지만
이제 더 이상 안부를 묻지 않는다.
유리문 밖으로 낙엽을 거느린 가을비가
느릿느릿 걸어와 가을 우체국 안은
비가 불러들인 그리움으로 가득한데
아무도 돌아보는 이가 없다.

생은 오지(奧地)였다.
사람의 숲에서 길을 잃고
열사의 사막에 두고 온 인정이 혼자 외로워
가을 우체국 밖에서 비에 젖고 있다.
오래 잊지 않으리라.

세상 밖에 두고 온 것들이
우르르 소리 내며
홀로 꽃이 되고 있음을
홀로 사랑이 되고 있음을·

시월이 깊어지기 위하여
무심한 사람들 사이로 낯가림을 하며
가을비는 서둘러 수신되고
그리움 하나 후둑 떨어뜨리는데
나는 그리움을 집어
빠른 우편으로 너에게 부치는
가을 우체국·

## ✽ 그리운 건 너만이 아니다

길을 걷다 돌아보면
수많은 갈래의 길을 헤매고 더듬어
지금 고요히 와 있는 여기는
아직도 가야 할 길의 간이역.
이따금 꽃 지는 소리 적막하게 쌓이고
바람에 불려 흔들리는데
그곳에 남아 있던 사랑도
먼눈을 들어 다가오지 못하고 머뭇거리는데
나는 지나온 길을 외롭게 덮어버린다.

헤매고 다닌 길에서
그리운 건 너만이 아니다.
사랑했던 가난한 추억과
그 추억 속에 남아 있던
등 시린 바람

부칠 수 없던 편지처럼
수북이 쌓인 세월 속에
젊은 날 파도치던 열정과
거친 자유들.

길을 걷다 돌아보면
차마 버리지 못했던 것들이
그립게 그립게 고여 있다.
아직 더 걸어야 할 길 위에
한 그루 나무를 심는다.
무성한 잎들 분분히 떨어져
그것들 조심스레 덮는 날쯤에
비로소 내 그리움도 멈출 것이다.

# ✽ 11월의 편지

가을의 따사론 바람이 아직 남아 있을 때
무거운 마음으로 가벼운 편지를 씁니다.
꽃잎처럼 언젠가 시들 때가 있는 삶처럼
우리의 사랑도 고즈넉이 질 수만 있다면
그런대로 생은 축복이라고 썼다가 지웁니다.

기다림에 대한 절망과
그리움에 대한 목메임을 아는 사람은
작은 이별마저도 얼마나한 쓸쓸함일지
문득 기억한 까닭입니다.
갈대숲의 그 위태로운 흔들림과
밀물과 썰물의 그 무변의 바다와
그림자를 끌며 걸어가던 하늘로 닿던 길이
절망을 희망으로 바꿀 비상일 수 있다면
아아, 그러나 어느 날 우리가

이렇게 무거운 평행에서 추락할 것을
삶의 지렛대에 밀려 어디론가 떠밀려 가리란 걸
차마 지우지 못한 까닭입니다.

십일월입니다.
아직 찬 겨울이 오지 않았습니다.
내 마음만한 그대의 손을 고요히 어루만지거나
시린 뺨을 부비는 눈부신 일도 잠시 세상 속에
툭 놓아버리고
너무도 가벼워 부칠 수도 없는 편지를
무거운, 무거워 일으킬 수도 없는 마음으로 씁니다.

타오르는 한 줌의 모닥불 같은 사랑이 떠난 간이역에서
생이 지고 있습니다.

## ❋ 사소한 희망

가을에는
바람도 불지 않는 평상에 앉아
마지막 한 잎 남은 단풍잎이 지기 전에
뜨거운 국물에 훌훌 만 가닥 긴 국수를
그대와 나란히 앉아 먹고 싶다.

국수를 먹는 날이
생일이었으면 더 좋겠다.
국수를 먹으면 오래 산다는
그 사소한 바람이 아니라도

마지막 잎이 지기 전에
그대와 마주 보고 앉은
오랜 시간만 남았으면 한다.

생은 의외로 단순하고 짧은 시간.
기억할 것이 많지 않은 시간.

낙엽이 전부 지기 전에
마른 잎 한 장 남긴 빈 나무 아래서
그대와 나란히 앉아
뜨거운 국물에 만
가닥 긴 국수를 훌훌 먹으며,

잠시 눈을 맞춘 그 기억하나만
오래오래 남았으면 좋을
사소한 희망 하나
마른 가을 하늘에 걸어두고 싶다.

## ✹ 마지막 귀로

우리 오오랜 행보가 끝났을 때
남은 건 눈물 같은 비보
아무에게도 알리지 못한 마지막 귀로
보라, 온 산허리엔
청보랏빛의 저물 무렵
우리가 지나온 생의 엷은 엽서 같은
서러운 안녕.

굳이 떠나는 자는
돌아오지 않을 것이니
서투르게 눈물을 묻힌 연필로
잊지 않겠다는 말을 쓰지 마라.

지난가을, 구르는 돌 틈에서
가끔은 한숨처럼 멈춘 물방울
가을걷이 끝난 들판에서
미처 수거하지 못한 씨앗
깊이 가라앉아 퍼런 상처로 돋고
두고 온 모든 기억의 안간힘을 모아
투둑 터지는 섬세한 그리움이여.

두어라, 온 생을 두르는
저 청보랏빛 저무는 가난했던 사랑이여,
다만 사소한 절망의 구절 하나
무심인 듯 지고 있으리니.

## ✳ 강가에서

안녕,
그 강가에 오래 기대어 있네.
여전히 물쑥 향기 짙은 강바람에게
다신 돌아오지 않을 시간들에게
손을 내밀어 긴 악수를 하네.

가끔은 오래전 묵힌 그리움이나
가끔은 긴 긴 날에 금가던 외로움이나
다 우리 것이 아니던 그 고요함이
강가에 와서 오래 견디고 있네.

물 지느러미 이는 가을 강가
한 떼의 새들만 산부리를 물다가 놓치는
그 강물, 마음속에 고여 출렁 흔들리네.
안녕, 단 한마디의 말
아직 강물 속에 오래 잠겨 있네.

## ❋ 오래 묵은 사랑

깊은 가을 들판의
눈부신 다비식이다.
긴 세월 동안 품었던
바람이나 눈 온 아침의 기억까지
모조리 비워내는 나무들의 가벼운 몸
그렇게 마음 다 비워야
훌훌히 타버리는 줄 알았다.
이 세상 떠나기 쉬운 줄 알았다.

낙엽 져 내려도 지지 않던 지난 그림자
영영 가 닿지 못할 남은 추억들
고즈넉이 엎드린 오래 묵은 사랑을
깊어가는 가을로 맑게 헹구어
가을 나무 태우다가 고스란히 비운다.
넉넉한 가을 들판에 기름진 재로 앉아
그대 무릎까지 덮을 그리움으로 살 수 있다면
그대 푸른 즐거움 이룰 수 있다면
오늘은 황홀한 다비식이다.

## ✳ 간이역

마음 아껴 무엇하리.
걷다 보면 어느새 와 있는 간이역
눈부신 꽃들도 남겨두고
맑은 바람도 스쳐 보낸 후
빈손으로 와 있는 그 곳
지나온 날들은 외로움이 반이었다.
믿었던 것들은 강물처럼 가버리고
젊은 날 쓰고 지우던 푸른 꿈마저
먼 바다로 이끌려 사라졌다.

문득 가벼운 사랑 하나
분분히 흩날려 흰 눈처럼 지워지는
간이역에는
허전히 돌아서던 너의 어깨너머
물결 지며 스러지던 전 생애

이제야 깨닫는 사랑이여,
마음 아끼지 않으리라 다짐하는
생의 간이역.

## ✻ 한계령

가을 깊은 날
지는 잎마저 화안하던 날
그리움을 굽이굽이 동여맨 한계령으로
눈먼 파도 되어 달려가네.

붉은 꽃다발로 서 있는 저 설악도
되불러올 수 없는 아득한 거리의
한계령에 와서는
핏빛 눈물이 되어 있네.

때늦은 일들은 모두 서러운 것
저리 타는 듯한 등불로 걸려
마음 한자리 가장 어둑한 곳에
글썽이며 잊을 일 환히 비추는데

바람처럼 떠도는 영혼 하나
가만가만히 지워야 하는
가을 한계령에는
이승의 붉은 울음이 다 모여 있었네.

# ✽ 가로등이 켜지는 시간

그 길 위에 혼자 왔다.
원시 잠자리 같은 가로등이 켜지는 시간
먼 눈들이 바라보는데
말이 없을 때가 수많은 말보다
비애로울 때가 있다.
집집마다 불빛이 켜지기 전
점등되는 가로등의 빛들이
오히려 아득하고 먼 순간이 있다.

그 여름날의 편지에서 쏟아지던
가득한 말보다 지금
한마디 말도 없는 텅 빈 행간이
얼마나 위태로운가.
일시에 팟하고 켜지는
가을 가로등 아래
추억과 내가 화석으로 박혀
꿈처럼 멀어지고 있다.

## ✳ 만추

그때처럼 그대가
어깨를 툭 칠 것 같은
그런 날.
흐려서 꽃들도
아슴히 보이는 날.

돌아보면
황금의 새처럼 낙하하는
가을만 가득하다.

가슴속에는 절로 물처럼 고이는
슬픔이 하나
투둑 열매되어 떨어지고
생은 비밀처럼 저렇게 지는구나.

우리의 흘러간 사랑은
이 깊은 가을에
들을 수 없는 소리로 무너지고
고요하다 못 해 적막한 날
사소한 울림마저 간절해

그대 오는 소린가 싶어
바라보면
저기 멀리서부터
그대가 천천히 지워지고 있다.

## ✣ 눈부신 지상

가끔 이곳은 참 낯설다.
시간이 차츰 무뎌지는
삶의 한 귀퉁이
저 홀로 익어가는 것들이
외로움을 떨구고 깊어간다.

모과향을 물고
새 한 마리 날아가는 가을 오후에
풀빛이 시드는 소리도 잦아들며
가늘은 소리하나 버리지 못하는 슬픔
아무래도 나는 너무 가까운 길을
돌아왔나 보다.
아무도 함께 오지 않은 길을
퍽 복잡하게 왔나 보다.

한때는 그런 적도 있었다.
세상이 숲처럼 아득해 보여
그늘에 핀 꽃이나 뜬 별들
어느 것 하나 찾을 수 없던 날이 있었다.
마음마저 버렸던 시간이 있었다.

모과향 하나 툭 지는
아름다운 가을 거리
지금은 내 마음 밖에서 걸어 나온
너를 만나는 눈부신 지상.

## 눈 온 날 부친 엽서

오랜만에 붉은 우체통에
엽서를 부쳤다.
잡지책 뒤에 붙은 독자엽서에
이름과 주소를 쓰고, 그리고 말줄임표도 넣었다.

언젠가 이렇게 똑같이
이름과 주소도 쓰고
긴 말줄임표도 쓴 엽서를
어느 강가에서 부쳤었다.
간이역에서 팔랑거리며 떨어지는 노을처럼
긴 강을 적시는 붉은 눈물도
한두 방울 넣었을 것이다.

오래전에 받지 못한 답장이 있을 것만 같아
흰 눈을 이고 침묵하는

우체통을 한참이나 바라본다.
세월이 오고 가는 길가
아직도 느릿느릿 오고 있을 것만 같은 답장
행여 그때 부친 편지가 도달하지 못한 채
어느 강가, 간이역 작은 우체통에서
외로움을 견디지 못해 떨고 있을지.

세월이 지나 흰 눈은
그 강가에 지던 살구꽃처럼 떨어지는데
흰 눈 소복한 우체통보다 더 긴 추억을 삼키며
잡지책 뒤의 독자엽서를 부친다.

나도 이 삶의 뒷장에 붙은
허전한 독자가 되어.

# ✻ 도토리 국수를 먹으며

도토리 국수를 먹는 것은
가을을 마시는 것이다.
씁쓸한 내음을 길게 들이마시며
슬픔의 길 하나 마음에 내는 것이다.

가을 꽃 여기저기 키 낮은
고요한 산기슭 정원까지 와서
이제 막 햇솜처럼 피는 여자나
나이 먹어가는 여자나
한자리에 앉아서 도토리국수를 나누어 먹고
한 켠에선 묵은 장작이 타는 냄새
그 내음이 싫지 않은 것은
언젠가 그 안개 속 같은 연기를 입을
예행연습 중·

도토리국수를 먹는 것은

가을을 길게 들이마시고
긴 인생을 후루룩 마음에 들여 마시는 일
길고 긴 생의 내음을 마음에 담는 일이다.

# ✳ 1월의 편지

1월의 편지를 쓰네.
겨울 편지 안에는 텅 빈 눈꽃만
촘촘한 바느질처럼 내려앉는데
아무리 꿰매도 기워지지 않는
남루한 추억 하나.

한때 우리를 텅 빈 바다로 불러내던
한때 우리를 무거운 그림자로 지우던
스쳐 지나리라 여기던 비애가
소리 없는 호명에도 그리움으로 뛰쳐나오고

추억은 우리가 잊어버려도
우리를 잊지 않고 수시로 드나들며
간혹 저린 다리를 걸어 넘어뜨리고

저만치서 쓸쓸히 웃고 있어
1월의 편지에 영영 닫으려네.

추신: 다신 그립지 않습니다.

밀물처럼 밀리는 달무리 진 초승달
그 눈썹 끝에 매달린 눈물 한 조각
1월의 편지에 뚝뚝 들어 문득 지우고
애써 잊은 것들이 눈꽃으로 피네.

추신 : 다… 그립…습니다.

못 본 척 부칠 1월의 편지는
달팽이처럼 느리게 당도할 것이네.

# 삶, 사랑의 시

## ❊ 연서

오가는 길목의 우체국에서
정녕 부치지 못하고 돌아서 나와
오래 서랍 속에서 꿈만 꾸고 있는 편지
누구나 이렇게 부치지 못한 편지
불쑥 물풀처럼 흔들리며
떠오를 때가 있다.

가슴 저 켠에 묻어두었던
젊은 날의 편지
부칠 수 없던 편지
아직도 부치지 못하고 있는 편지
영영 부치지 못하고
가슴 안에 부친 편지.

누구나 그 편지를 가끔 꺼내보며
날이 저물고
생이 저물고 있다.

# ❋ 그리운 것은 언제나 평행이었다

언제나 강가에서 너를 만났다.
물풀의 냄새가 배인 그리움이
늘 흔들리며 울었다.

사랑한다는 말을 차마 오래 하지 못했다.
네가 가만가만 흔드는 어깨가 한쪽
강물에 닿아 어둔 바다로 스미고 있었다.

우주였던 그 깊은 마음을
낡은 선착장에 매어두고
너는 아직도 그 강가에 있는데
아무래도 나는 이 생을
저벅저벅 걸어가야 하나보다.

한 번도 사랑한다는 말을 하지 못해

지금 내가 단 한 번 그리워하는 시간
강물에 피어나는 물옥잠 보랏빛 그리움
네가 잠시 낡은 배를 저어
건너오는 시간.

그 강기슭에 핀 물풀이 흔들려
네가 오는 소리,
나는 아직도 가만히 강가에 있다.

그리운 것은 언제나 평행이었다.

# ✳ 다시 처음처럼 사랑할 수 있다면

다시 처음처럼 사랑할 수 있다면
이별을 미리 생각지 않으리.
마음속의 말을 꿀꺽 삼키지 않으리.
사랑한다 말하고도 놀라지 않으리.
그늘 아래 앉은 네게 다가가
가장 낮은 소리로 따스한 위로를 건네리.

누구든 가끔은 외로워서
오래된 성처럼 무너지는 것.
누구든 가끔은 비에 젖은 채로
서럽게 떨고 있는 것.

아아, 무수한 반란의 깃발이 꽂혀도
실바람에도 둥둥 울리는 북을 만들리.

가둘 수 없는 소리, 소리로 울려
크고 둥글게 빛나는 환한 달빛이거나
어느 날 네 마음의 사막에까지 찾아갈
지치지 않을 낙타가 되리.

다시 처음처럼 사랑할 수 있다면
비로소 우는 법을 배우리.

## ✿ 사랑하는 마음

사랑하는 마음은
한 그루 나무 같아야 한다.
나무들이 수직으로 서 있음은
공손히 받아들인 태양빛을
캄캄한 뿌리까지 보내기 위해서다.
우리도 수직으로 서 있는 거라면
한 그루 나무처럼
가장 먼저 어둠에 닿기 위해
저 먼 기억의 등뼈를 쓰다듬고
더 깊은 사랑의 상처를
고요히 어루만져 줄 일이다.

사랑하는 마음은
바라보이는 저 나무의 몸통보다
우리가 한 번도 본적이 없는

어둠에 갇힌 뿌리를 먼저 헤아리고
세상을 떠받치고 있는
뿌리의 고단함을 먼저 쓰다듬고
그런 후에 그 그늘에서 쉬일 일이다.
사랑하는 마음은
한 그루 나무 같아야 한다.

## ✳ 그리움을 넣고 거는 전화

하루를 접고 돌아가는 시간에
낙엽 진 작은 나무들 사이로 선
공중전화를 만난다.
너의 전화번호가 보랏빛 새로 떠올라
마음을 가로질러 먼 하늘로 날아오르고
끝내 물처럼 나를 밀어
공중전화 곁을 지날 때면 늘 그랬다.

잊어야지 했던 네가 가장 빠르게 달려와
영영 지워지지 않는 배경이 되어
공중전화 곁에서 늘 자욱했다.
허나 동전은 준비하지 않으리라.
부재의 긴 전화소리는
이승의 가장 마지막 소리로 남겨둘 것이다.

청보라빛 노을이 아슬히 걸린 하늘

받을 리 없는 전화기를 들어
마침내 너에게 전화를 건다.

그리움만 넣고 거는 전화.

## ✱ 그리운 옛집

꽃들은 꽃들끼리 흔들리며
사랑하고 있었네.
짐승처럼 어둠이 내리는 뜨락에는
대추알만한 달빛이
소금처럼 희게 내려 눈부시고
봉화산 우수수 바람 소리에 섞여
치자꽃 향기 미닫이를 흔들면
어린 형제들도 꿈으로 일렁였네.

산은 깊어도 여우 한 마리 없는
외로운 골짜기
그 옛날 누군가
그리움의 불씨 한 줌 지폈을
봉수대만 보름달로 떠
댓돌 위 그림자로 지고

빈 뜨락에 가득 마음 풀고 있었네.

사람이 살던 집
때로 설움과 눈물 한 움큼
낙과로 지고 있었지만
못내 남은 건 아랫목 같은 사랑.
고단했던 여인이 눈물로 지었던
그리운 옛집
아직도 생각하면 향기뿐이네.

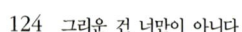

## ✤ 양수리에서

때때로 오래 망설이는 일이 있네.
이별보다 사랑이
죽음보다 삶이 더 그렇네.
오랜 묵상의 이별과 죽음을 저만치 두고
사랑과 삶이 더 오래 우리를 헤매게 하네.

그런 날은 양수리에 가보리.
이별의 시작과 죽음의 끝이
고요히 맞닿아 입김처럼 피어오르며
저벅저벅 걸어가는 시간의 길을 보리.
돌아보지 않는 그 견고한 어깨너머로
우리의 그리운 울음마저
한갓 고목의 뿌리를 적시는 물로 흐르는
무심, 무심함을 배우리.

모든 것에서 멀어진 사람이여,

아무 것도 이길 수 없던 사람이여,
치열했던 삶도 뜨거웠던 사랑도
저무는 무렵이 있음을
양수리 빈 강가에서 말없이 귀를 여네.

## ✽ 그쯤이야 괜찮아

비가 오다 깨끗이 개인 날.
이런 날은
저 동백꽃 붉은 선운사
추녀 끝에 걸린 풍경이 되어
턱 괴고 잠잠히 씻은 얼굴로
누군가 기다려보고 싶다.

이것도 과한 욕심이면
도솔천 스치다 지나가는
새소리의 날개에 실려 날아가서
네 어깨의 짐에
잠시 나도 얹히고 싶다.

아, 이도 지나친 욕심이라면
도솔천에 잠시 몸 담갔다가

선운사 작은 암자의
당그랑 울리는 풍경 스치는
한줄기 푸른 바람으로만 살겠다.

암, 그 정도쯤이야
아무 욕심도 아닐 것이다.
내가 훗날 흙으로 돌아가
조금의 땅을 차지하고 살아가야 하는
그런 어쭙잖은 심술에 비하면,

아무도 모르게 스쳐 가는 바람이 되어
너조차 모르게 살아가는 일이야 괜찮을 것이다.

# ✽ 위로 2

이렇게 아무도 찾아오지 않는 날은
그대 맑은 눈 들어 바라보던 모습
기억해보기 좋구나.
백 마디 천 마디 말보다
일순간 떨어지던 눈길로
물레처럼 풀리던 날
지난 세월 꽃잎보다 가볍게 지고
세상은 오직 고요함이었노라.

사는 건 드문드문 잊는 것
사는 건 차츰차츰 잊혀지는 것
한때는 가을의 억새 붓처럼 흔들려
그대 마음 하나 굵은 획으로 살았느니

이제는 이룰 수 없는 일에

마음 뺏기는 쓸쓸한 짓은 버리고
세상의 밖을 걷다 오노라.
허나 그대 맑은 눈길
절로 떠오르는 날에
잠잠히 귀 기울이는 서러운 사람 하나
세상의 안쪽에서 서성임을
기억해보라.

## ❋ 이쁘지도 않은 것들이

산으로 가면
개망초꽃 개비름풀
이름도 이쁘지 않은 것들이
왜 그렇게 정겹게 앉아서
주인처럼 나를 맞이하고 있는지
산 아래서 휘여니 놀다 오는 나를
식구처럼 받아 주는지 눈물겹다.

나는 한 세상
짧은 등짐을 진 듯 가볍게 살다
이제야 그곳에서 놓여나
너희에게로 돌아오는구나.
그런데 내 눈은
아직도 먼 세상 바라보고 있는지
한 발을 엇비슷이 저쪽에 걸치고 있는지

선뜻 너희에게로 돌아오지 못하는지
무엇을 못 잊어하는지 알 수 없는데

엉겅퀴 밥풀꽃
모양도 이쁘지 않은 것들이
왜 그리도 마음 너그럽게 모여 앉아서
오고 싶을 때 언제든 오라고
마음 툭 터놓고 웃고 있는지
아아, 그런데도 나는
저쪽과 이쪽에서 머뭇거리고만 있는지
내가 진 짐들을 다 내려놓지
못하고 있는지 눈물겹다.

## ✿ 그런 날도 있어야 한다

시시하다.
오늘은 빗방울이 끌고 오는 그리움도 시시하다.
가지 끝에 모른 척 앉았다 간 새도 시시하다.
그 시시한 그리움과 새가
날아간 저 허공도 시시하다.

그런 날도 있어야 한다.
새 한 마리가 끌고 가는 둥근 그리움만
늘 은빛 물고기처럼 파닥거리면
살아가는 쪽으로 마음 돌려야 할 것들에
미안하다, 미안하다.

가끔은 시시해서
다시는 그리움 하나 일으키지 않고
똑같은 새 한 마리 되돌아오지 않는

먼 하늘이 바다처럼 내려앉는 날도 있어야 한다.

그런 날도 있어야 한다.
모든 것이 시시해서 오래 기억나는 것도 지우고
잊지 않으리라 다짐했던 것들도 새우처럼 등 구부려
잠자코 먼 기슭에 세워 둔 채
외롭게 떨고 있는 것들도 살아가야 하는
그런 시시한 날도 가끔은 있어야 한다.

# ✽ 슬픔으로 가는 길

슬픔을 비교하지 마라.
슬픔은 저 홀로도 무거워
잊으려 할수록 깊이 가라앉는 것.
슬픔을 잊기 위해
슬픔의 한가운데로 걸어가면
뜻밖에 눈부신 너를 만나
슬픔은 너무 가볍지만
또한 쓸쓸하게도 너무 무거운 것.

슬픔을 결코 비교하지 마라.
버리려 할수록 되돌아올 힘을 지닌
우표처럼 잔잔히 떠는
슬픔의 표정을 이윽히 보라.
사랑의 시작과 마침 속에서
마침내 고요한 이별로 남은
슬픔의 표정은 무한한 것.
그러니 슬픔으로만 오래 기억해 달라.

# ✴ 호박잎 가시

호박잎으로 쌈을 싸먹으려
연한 등뼈를 살짝 벗기다가
문득 손가락을 찌르는 느낌에
마음 한쪽에서 움찔한다.
이렇게 연한 것도 손가락을 찌르고
마음을 찌르는 가시가 있다.
호박 같다고 늘 구박만 받던 것들도
가끔은 자기를 아끼는 가시를 가질 줄 안다.

장미 가시는 다가가지 못하게 해
가시조차 내 것이 아니지만
호박잎 가시는 내 마음속에 들어가
목숨이 될 것이다.
내 몸속에서 시퍼런 가시로 돋을 것이다.
미운 것도 때로는 자기를 아낄 줄 안다.
내 슬픔도 이제부터 가시를 달고 살 것이다.

## ✳ 다만 거기에 너만 없었다

길은 흘러가고 있었다.
흐르는 길을 따라 눈이 내리고
눈 속에 안개가 고여 있었다.
네거리엔 가끔 달빛이 서성거렸다.
신호가 바뀌기를 기다리며
사람들은 저마다 한주먹씩
주머니에 든 추억을 꺼내 들었다.
아무도 가난하지 않았다.

외로운 사람은 아무도 없고
그림자도 팔짱을 걸어
기웃거리며 함께 걷고 있었다.
거리는 어느 것도 들추지 않고
세심한 배려처럼 모든 것을
흘러가게 내버려두었다.

그런 것이다.
꺼내던 추억의 가벼운 조각도
다시 접어서 주머니에 넣고
사람들은 빈 거리를 걸어가고
신호는 깜빡깜빡 바뀌어
매일 다른 시간을 꿰매고 있었다.

다만 거기에 너만 없었다.

## ✳ 생의 공식

우리가 사는 생에도 공식이 있다면
나는 기꺼이 생의 공식을 암기하겠다.
은유처럼 삶에 대입하는 그 낯선 공식이
서서히 질려갈 쯤
너에게로 가는 길도 버리고
갯비린내 자욱한 길도 버리겠다.

저녁이면 긴 휘파람을 불면서
어둠보다 더 오래 그 골목에 기대 서 있겠다.
수은등이 우리의 생애보다 더 새파랗게 얼어
그 길이 오래 닫혀 있다면
결코 두드리지도 않겠다.
사람들은 쉽게 생의 공식을 만들었다.
신호등을 건너듯 분명해지는
사랑과 이별의 공식이나

외로움과 쓸쓸함의 공식까지
우리의 정체는 이제 매우 수상하다.

그러나 나는 아무도 만들 수 없는
너에게로 가는 긴 길의
그리움의 공식을 홀로 만들겠다.
이미 끝나버린 것들에 대해서도
닫힌 마음들이 꽃으로 피어나는
고독한 공식을 만들겠다.

# ✳ 선운사

선운사 동백이 그토록 붉은지
꽃빛은 단청으로 스며 천지적막하고
구름도 푸른 솔 위 가부좌로 앉았네.

대웅전 절연하신 부처도 마음 담그는
도솔천 맑은 물소리, 소리에
내 안의 지울 수 없는 것들
후둑 져 내려 생의 반을 적시네.

운해에 서린 마애불 속눈썹에
차마 못다 한 말을 지그시 담고
저토록 긴 함묵의 억겁 세월에
시름 잊은 바람도 사위에 쌓이는데

원왕생 원왕생, 지극한 바람에
속진의 사랑마저도 고와 보이는
세상은 문득
운해 밖 구만리 아득함이네.

# ✻ 사랑

그렇다, 오래 말하지 않았다고 해서
사랑하지 않았던 게 아니다.
전화하지 않아도, 편지가 없어도
거기 그렇게 고요한 꽃처럼 피어 있는 줄 안다.
연보라빛의 노을로 그림자 져 있는 줄 안다.

빈 길을 휘이 홀로 긴 그림자를 끌고 갈 적이나
바람 한 줄기 거느리고 이 생을 다 할 적에
마음 한복판에 맑은 강으로 흐르고 있을 줄 안다.

전화 몇 번, 편지 몇 통의
세상의 숫자로 말할 수 없는 사랑이여.
오는 길이 보이지 않을지라도
먼 훗날
한 그루 단단한 그리움으로 필 줄을 안다.

# ❋ 한지에 그린 그림

아이가 한지에 그림을 그리는 곁에서
심심한 나도 한지에 그림을 그린다.
자꾸만 번지는 먹, 시내도 강이 되고
자갈도 어느새 바위로 변해버렸다.
심심한 나는 한지에 점만 찍다가
어느새 그 안에 나도 번지고 있다.

그리지도 못하는 수묵화 숙제
선생님의 마음을 알지 못했다가
이제 조금은 알 것 같아
작은 것도 저렇게 키우는 뜻을
선명한 것만 쫓아가다 잃은
저 두루뭉술함의 모호한 경계
절로 스며 중심을 아슬히 에워싸는
저 달무리 같은 아슴푸레함

모난 게 없어지는 존재의 흩어짐이
내가 자꾸만 점찍는 자리서 젖어들고 있다.

어느 날, 우리가 그리워하는 것들도
저렇게 한지에 물안개 번지듯
알게 모르게 번지고 번져서
섬을 이루고 바다를 이룰 수도 있으리.
세상은 커다란 한지 한 장으로도 족하고
고요한 삶 하나, 아득히 번지고 있으리.

## ❋ 먼 길

오래전에 먼 길을 떠나와
다시는 돌아갈 수 없는 길
되돌아가는 문은 영영 없는 길
걸어온 길마다 고개 돌리고 숨은 돌들이
추억처럼 마음만 들고 서 있는 길
오래 망설이지 말자.
문 안에 두고 온 것들에 묻는 긴 안부도
이제 영영 생략하자.

돌아서면 아직은 연보랏빛에 가린 저녁
한나절만 우는 돌아가지 못한 새떼
그 모든 것을 거느리고
우리가 다시 떠나야 한다면
어느 길의 끝에서 다시 울고 있지 않으랴.
하여, 우리 되돌아가는 문 앞에서

오래오래 기억마저 닫고
기억에 포개진 서늘한 봄비와
등을 대고 선 막막한 이 노래만 들고
다시 먼 길을 떠나자.

오래전에 떠나와
다시는 돌아갈 수 없는 길
추억처럼 마음만 들고 서 있는
그 먼 길.

# ✽ 추억 편지

참으로 까마득하였습니다.
하마터면 가장 가난한 지상의 시간이 될 뻔한
약속도 없던 길.

참으로 긴 시간들을 걸어서 왔습니다.
별이 지는 계단과
꿈조차 사라지는 지붕 위의 노래.

설마 그대 추억에서 깨어나
이 편지가 닿을 약속도 잊은 채
그냥 떠나버리고 마는 거 아닌지
슬픔으로 무겁습니다.

편지들 날아와
새벽의 보랏빛 저림을 일으키면

이제 겨우 흘러서 도착한
쓸쓸한 추억이라고 믿어주십시오.

눈물을 마신 꽃들의
긴급한 전보라고 믿어주십시오.
아직도 정처 없이 흐르는 강물처럼,

반짝.
추억으로 동여맨 편지입니다.

## ❋ 저녁 창가

지금 창밖은
연보라 청보라빛
젊은 날 부치고 다신 받지 못한
그 편지의 빛깔.

세상의 저녁은
점점 수상하게 어두워지고
우리 인생도 서늘한 바람처럼 저물어
어느 날 외로운 꿈 하나
저문 강 위로 떠다니리.

맑은 수돗물을 쏴 틀어
지극한 저녁을 올리는 시간
식탁의 한 귀퉁이, 우리
이제 다신 받지 못할 저

연보라, 청보랏빛 편지를 떠올리며
고요히 꿈만 꾸는 시간.

한 번만 더
그리운 편지를 쓰고 싶은 시간.

# ✳ 인연 2

삼월에 내리는 눈송이 같고
잎 진 겨울에도 눈 틀 궁리하던 꽃잎 같고
그 꽃잎의 투명한 빛 같고
다 꺼지던 불씨 같고
바람 뒤돌아보며 건너가는 강물 같아라.
강물에 날개 적셨다 가는 철새 같고
지난해 피었다 흘린 씨로 다시 피는 들꽃 같고
들꽃의 날아가 버리면 그만인 향기 같아

어느 날 우리 웃기만 하고
말 한마디 쓰지 못해
부치지 못한 편지처럼 접어
그러다 어느 길에선가 다시
눈물로 흘러 퍼붓고 있는 소나기 같아
그런 우리 인연은
오래된 나뭇결로 만든 등불이네.
쓰다듬으면 불 지펴질 것 같아
질끈 매어두어야 하는 가는 끈이네.

## ✿ 옛날 옛적에

구기자 다홍빛 울타리에 노을이 떠
가을 저녁도 화안하던 날들
돌절구에 남아 있던 메주 향내
쌉쌀하고 담담한 묵은 향기로
절로 익던 그날에
후둑, 고염이 하나 고요히 질 때마다
유년은 그렇게 저물고 있었네.

뒤울 안 봉숭아꽃 손톱 위에서
다홍빛 노을로 걸려 있던 가을 저녁
채송화 잔잔한 슬픔처럼 낮은 우물가
누군가 자꾸 그리워 드려다 보면
높다란 가지 위 연시 다홍빛 꿈으로 뜬
두레박 속 맑은 물 안에
나 혼자 추억처럼 남아있었네.

연실 끊어져 날아갔던 가오리연처럼
훌쩍 날아와 흔들리는 유년의 저 켠
고래의 내장처럼 구불거리던 골목을
가벼운 새처럼 몰려다니던 벗들은
세상의 짐을 어디다 부려놓고 사는지
아직도 꿈꿀 힘을 지니고 있을지
저 혼자 깊어가는 세월의 한 모퉁이
나는 아직도 유랑을 꿈꾸네.

# ✿ 연(蓮)

내 자리에 심청이 있다 떠난 후
더 이상 아무도 찾아오지 않았다.
진흙 속에서 그토록 오랜 시간
수만 리 밖의 너를 기다렸지만
바람만 잠시 지나갔을 뿐
물결만 시간을 헤아리며
살아 있음을 가르쳐주었다.

어느 날 잠시 뿌리까지 흔들던 바람
영혼까지 적시던 긴 긴 빗줄기
너일까 소스라쳐 놀란 적도 있지만
드려다 볼 수 없던 그 먼 길
이었다 끊어지는 허무의 깊이
나는 아직도 푸른 수의의 담장 안에서
끝내 오지 않는 너를 기다려.

내 가슴에 숭숭 바람 지난 흔적은
기다림의 긴 긴 상처였다.

## 이지현

서울 출생이나 경남 마산에서 여고시절까지 보낸 덕에 바다 냄새를 맡고 살았다.
서강대학교 대학원 졸업 후, 『예술계』의 '예술문화신인상' 평론 부문에 문학평론
이 게재(1987년)되면서 글과 가까워졌다.
그러나 세상의 아름다움을 노래하는 시를 더 좋아해, 그동안 시 사이트의 '작가
의 시'란에 시를 써서 올렸다. 이 시들을 모아 조선일보 블로그 작가전에 공모한
것이 당선되어 여러 사람들이 알게 되었다. 이제부터 더 행복한 마음으로 시를
쓰려고 한다.


## 시화 최수은

연세대학교 과학영재교육원 화학부 수료
경기여자고등학교 졸업
이화여자대학교 의류학과 재학

# 그리운 건
## 너만이 아니다

초 판 인 쇄 | 2011년 5월 20일
초 판 발 행 | 2011년 5월 20일

지 은 이 | 이지현
펴 낸 이 | 채종준
펴 낸 곳 | 한국학술정보㈜
주    소 | 경기도 파주시 교하읍 문발리 파주출판문화정보산업단지 513-5
전    화 | 031) 908-3181(대표)
팩    스 | 031) 908-3189
홈 페 이 지 | http://ebook.kstudy.com
E - m a i l | 출판사업부 publish@kstudy.com
등    록 | 제일산-115호(2000. 6. 19)

ISBN      978-89-268-2218-0 03810 (Paper Book)
          978-89-268-2219-7 08810 (e-Book)

이담 books 는 한국학술정보(주)의 지식실용서 브랜드입니다.